U0081471

不怕青春太疼痛，

只怕青春

沒來過

明星煌

看一本書很容易，生活卻好難。
你已經好努力的生活，為了責任，為了愛，為了讓你委屈的事，
你知道現實不公平，可是你還是努力的，不肯放棄也不敢放棄。

不要急著讀，停頓 3 秒……

謝謝你活得這麼認真，要哭泣也可以，
謝謝你即便無力地快要死掉，也還是不肯放棄，
謝謝你還願意走下去！

這不是一本書，這是你的生活。

裡面的每則「60 秒」，都是你曾經痛過，苦過，笑過，愛過的心聲
你會放下書走進生活，但你不會忘記書裡的每句星裡話，
還要記得真的去在乎你的心裡話。

翻開前再空格 3 秒，當你打開書的時候，記得愛自己，
因為你總是在乎別人，你總是想著很多人。

也許在出門前的早晨，或許在睡覺前的偷閒時光
打開這本書，就不要再悲傷的體會到孤獨，因為我們在對話，
有一天你會遇見一個懂得你心裡話的人，
是我，是他，你知道會有這個人的……

致曾經勇敢生活的我們
60 秒的星裡話。我跟你說：

勇敢生活　06

進擊青春　48

勇敢生活

想要活得開心，就要為自己爭取一次，勇敢一次，
哪怕還要狠狠受傷一次！當你用心用力的生活一
天，你會發現「重新開始」永遠都是你的選項，
只要你肯。

放棄，往往是在完成的前一步。首先你要明白，這世界的機遇都是自然，你好運趕上一班公車，只是恰好；你缺席正好沒點名，只是偶然；你沒帶傘的晴天卻下雨，也不過是正常。你一定面臨過失去，我懂那有多悲傷，但不要輕易放棄，等你老了，會有餘生可以用來抱怨，所以現在寧可追著哭，也不要靜坐蒼涼。

我們在生活有很多追求，小至買一件商品，大至追求一個目標、一間學校、一個人、一場幸福或者轟轟烈烈的結局......但多半會失敗，接著我們總不平，埋怨為什麼不給我，我已經好努力了，我什麼都沒有，如果真的有上天，那為何不同情我不讓我獲得呢。

原因，不過是你還沒走到最後！

很多時候你想要的並不能馬上獲得，但別沮喪，那是因為你配得上最好的。

耐心些，答應跟自己慢慢走。

不要求太快與你的夢想相遇，太早太遲都會造成遺憾，當你心思足夠成熟，走到追尋終點才最好。放鬆你的心情，你所祈求的終究在生活路上會一一找到，在不經意的時候。然後某天你會察覺，慌張的你很可愛，因為那時你會變得更從容淡定，在失去與獲得之間。

曾經你以為努力到最後一步，幾乎可以吶喊成功，但一切毫無理由，就失去了。我也仍會為追尋的事感到惶恐，已經付出了，能得到償還嗎？我苦苦追求就那一件事，為什麼還不能給我呢。我們在感情、學業、工作......一切中都不斷追尋，越長越大，想要的再也不能立即得到償還。

當你長大，有些東西你也不稀罕了。你獲得某些曾渴望的人事，才發覺自己已經不著迷了，這時不也是一種遺憾嗎。我明白等待的黑暗，那是不知道還要熬多久的無力，也不知道努力會不會在數日、數百日之後成空。但我要你深刻的理解，你終究會得到你追尋的事物。最動人的收穫絕不是你終於得到，而是你終於願意相信自己，不再質疑。相信，是更重要的。

追尋最易生慌躁，但謹記，會得到的，絕對會的！

願星光照亮你和你的青春

這不是我想要的生活，所以我走了。

追求永遠不是最難的，艱困的是在得到後，你能不能認清自己快不快樂。學生，在一群光鮮亮麗的朋友群中，不亦樂乎，這樣的快樂只是「大概似乎」，因為離開這群體我不知道要去哪，所以我繼續待著，繼續「就這樣吧」工作的人，進入夢寐以求的環境後，發覺陌生的不友善，和始終沉重的壓力如影隨形，可是因為似有若無的光環，所以也就這麼待著。

人的勇氣是用來幹嘛的？

不怕青春太疼痛，只怕青春沒來過

好像過了 17、8 歲，勇氣伴隨著傻氣與血氣一起丟掉了，於是我們懂得敢怒不敢言，學會了得過且過，更能欺騙自己「這就是我想要的日子」。然後在一天又一天之中，不斷書寫遺憾 2 個字，自以為把遺憾描成一幅青春山水畫，實際上，早就是心酸淚滿爬的一卷遺書。

想要的日子，那是每天能夠覺得我很快樂，所以我要起床去做喜歡的事，哪怕是穿上制服、泡杯咖啡、享受在辦公桌打開臉書的偷閒、和工作同伴的默契玩笑......而不是壓迫。
如果現在不是那你想要的日子，你會離開的，沒有遺憾，因為不過如此，你的人生與青春，才不要只是不過如此。

我體會過「不過如此」，所以敢放棄，而你，其實心中早就有了答案。

願星光照亮你和你的青春

你必須相信自己，因為很多時候，
那是你唯一的倚靠。

會有好多人在生活路上質疑你，我不會冠冕堂皇的要你「別理會、沒看見、不去聽」等等姿態，因為做一隻鴕鳥即便再華麗，也仍然是一隻鴕鳥。我要你走到質疑的面前，用力的，帶著恐懼去深刻接受，最後問：「所以呢？你的質疑我理解了，然後呢？」

你會很驚訝，原來好多好多事情，只要你信了，就已經成功了一半，剩下的一半是繼續相信。「相信的力量很單純，歷史上因為相信可以戰勝一場鬥爭，愛情中相信可以成全一段緣分，人生裡帶著相信可以讓青春笑著流淚不後悔。」

別人帶來的恐懼之所以很強大，
那是因為你信了！

相信自己是，你能透徹的明白「我沒有輸的理由」，別人說你不能完成一件事，然後呢？就這樣了嗎，聆聽自己的聲音不是問自己要幹嘛，而是問自己，可以不要再懷疑了嗎。如果你家人整天不看好你，你一定會爆炸說可以停止嗎。所以最貼近的你，絕對不可以自己否認自己。

你忘了誰，一定要他相信你，是誰？是你最親愛的自己。

願星光照亮你和你的青春

我誰都討好不了，
最後連自己，都給委屈了。

這個世界充滿了善，同時也存在著惡，我們都害怕被刺傷，於是戰戰兢兢，小心翼翼地對待每個人，可是並非客氣的付出就能得到尊重的回覆。在社交場合中、在生活各個場景你也會累的，也已經累了。你不想玩笑，只想靜靜的或有姿態的活著，可是現實無奈。

討好世界很重要，
但取悅自己才是必須。

「做人很難，做自己更難。」

每個人都以為很懂自己，忙著了解別人，他生氣嗎？她會在乎嗎？我這樣做可以嗎？錯，錯，錯，你這輩子最不該辜負的人是自己，你愛的人或許會離開，愛你的人未必能持久，終究，只有自己啊！做自己不是隨心所欲的對抗世界，也不是忽略他人，而是懂得明白最渴望的是什麼。

我們都有選擇，即便生活畫了一個框架給我們，是學生、是上班族、是被愛或愛人的⋯⋯可是侷限本是自然，鳥會高飛，魚會游水，這不妨礙生命有美好的可能。不要害怕對面自己，會有人討厭你，因為這也是自然，沒有人能夠討好所有人，但請你記住，誰都可以討厭你，唯獨你不可以討厭自己。

用愛貢獻他人前，請先學會擁抱自己的委屈。

願星光，照亮你和你的青春

│ 不怕青春太疼痛，只怕青春沒來過

在那些以自我為中心的人眼中，別人的付出都是流水，他可以不記得你為他做的每件小事，他想那有甚麼，視為理所當然。更過分的是，他還會覺得自己付出許多，為你設想，哪怕他的那些關心都是矯情的設計，他都會列入自己的功績榜，還要你對他歌功頌德。

其實這類人真正的錯，是從來都沒看清，沒看清世界到底是甚麼模樣，他們用「我覺得」來思考眾人，用「我是主角」來與各種配角相處，於是，他就成了自己心中永遠的對，幻想為他人犧牲奉獻，自以為是電視劇第一個完美角色，甚至還苦情覺得自己遭背叛。

自私的人總以為自己付出很多，自作多情，還會在翻臉時指責你忘記他的好。

矯情，矯情的人就像一張信用額度 200 元的信用卡，裝做
自己有極大利益，但也不過就是一杯飲料加便當的價值。
當你被這樣自私的人背叛、指責時，請你不要慌張與挫敗，
我知道自私的人面目有多過分，但請你告訴他，你等著看
他的完美收場，無論那會是悲慘結局。

有些人善於遺忘你對他的好，他只會一一記得，你哪些對
他不夠好。

願星光
照亮你
和你的青春

｜ 不怕青春太疼痛，只怕青春沒來過

累的時候不要害怕休息，
但充完電後你要比誰都努力。

不怕青春太疼痛，只怕青春沒來過

你擬定完計畫，雄心壯志，可是忽然累了，你怕自己的鬆懈就讓想傷害你的人得逞，你惶恐自己就要跟失敗結合。不會的，別怕休息，只要你懂努力。

努力，是一種折磨，折磨那些傷害你的曾經。因為你將會變得更好，你會讓愛與是非變得清澈。努力過後蛻變，那些給你愛的，要回報，因為這是你努力的原因，至於那些曾讓你吃痛的，就用公平去償還，不要多一分，也不要少一分，這會是屬於你的公平，人間光輝的道德。

別怕，只要你忍痛努力了，不要害怕，永遠！

願星光照亮你和你的青春

別總跟他人一樣，因為每個人生來就不一樣。

| 不怕青春太疼痛．只怕青春沒來過

因為大家都這麼做，所以我也要；因為這樣能讓別人羨慕，所以我也要；因為不那麼做很奇怪，所以我也要。真的嗎？在生活中不可避免我們都害怕突出，哪怕是成功，都害怕太不一樣，可是呀，既然每個人的幸福都不一樣，你又怎麼能要求自己跟別人做一樣的事呢？

人往往是因為自己才不快樂，好像喜悅必須經過身旁的人——蓋章，說你這麼做可以，這樣會幸福，你才能拿著合格的單子走下去。不荒唐嗎？愛你的人也好，恨你的人也罷，終究走完青春、遊蕩完人生的只有你，為什麼要活在別人的眼光裡，去判斷我是不是不一樣，我是不是能夠以獨一無二的姿態邁向成功呢。

你可以！大家都去參加聚會，我想回家，可以，享受孤獨也可以神秘而美好。大家都不去嘗試的事，很難，但我願意，可以，所以你才會有不一樣的成功。不一樣的容貌、條件、資本、思想、背景……每個人都是獨一無二，你可以很平凡，也可以很輝煌，但不要去做社會的複製品，那樣好醜陋好可憐。

你的生活應該是你自己布置的。要讀書，靜下心來念，因為這是你自己人生的短暫責任，不是因為所有人都這樣。要和一個人嘗試感情，不是因為大家都愛他所以這樣很正確，而是因為那人讓你悸動，所以你想愛。你想做出不一樣的選擇，衣服、出席或缺席、笑臉或陰沉，這都是因為那是你想要的每一天人生，你自己要看到的！

只要不後悔，做自己，才能真的幸福。

願星光照亮你和你的青春

那些想要的日子沒人給你，
於是你只能自己去爭。
因為你只有自己，所以天再黑，
你從不在意。

一開始你的心願很平常，安安靜靜的過每一天，不必掌聲
簇擁，不必衣華器奢，和幾個處的來的人做伴，清澈如許
的生活就是好。可是生活哪有這麼如意，生活難就難在它
擅長「不從人願」；它把你逼到無可奈何的境地，要你左
右無路、希望全無。

然後你才明白，你或許可以決定人生的終點，卻無法自主
如何走去。

你也要知道，生活它也是擅於妥協的。

它若給你一拳，便會在你困頓的時候，再給一腳。
可是你若是讓它明白，你終究是打不死、踢不滅的，它也就
認了。它從不過分寵愛你，同樣的，也絕不會永遠為難你。
或許有一天，你身穿錦衣華服時，又會懷念起那磨人的過
程，畢竟那是你逐漸長大的道路，再痛，也都走過來了。

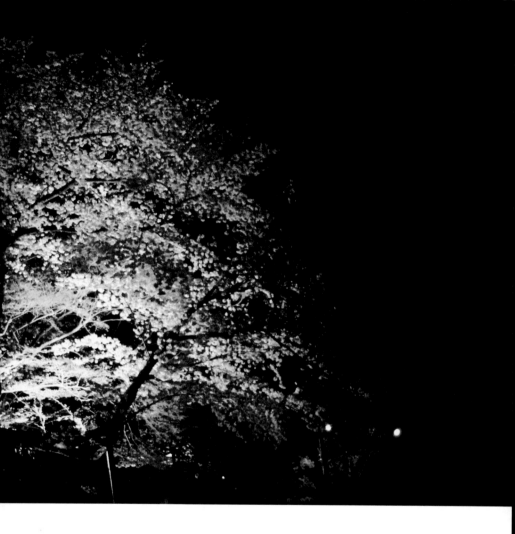

你自己就是最有價值的拚搏武器，如果你夠堅強。

願星光照亮你和你的青春

成功，往往需要朋友；巨大的成功，
則需要敵人狠狠推你一把。

我們很難沒被算計過，先別討論這個社會為何如此不堪，
預防不了，治療就格外重要。當你被傷害，首要思考的是
「他們要的是什麼？」然後堅決不給。多容易，傷害就是
希望你脆弱，變得可憐，所以當你遇到傷害，才更要把自
己活得漂亮，這不難，風箏要逆風飛翔才能高遠，人如果
順坡則只能落下。

再詭的是，
傷害往往使我們真正成熟。

十六七歲、二十出頭、或者三十有餘的人，都不可能避免被傷害，可是我們會隨著年紀的增加而或多或少沉著的去面對，但你無法避免恨！你恨那些背叛、中傷、陷害你的人，當然的當然，我無法教你遺失恨的本能，但我要告訴你，「別人能夠很大程度的傷害你，往往都是因為你給予了他人這樣的權利！」檢討自己不是一件聖人才做的事，而從容的面對傷害，才是檢討的核心。是的，你被傷害很痛，很恨，很委屈，可是之後呢？記住吧！記住傷害當下的痛感，提醒自己是你沒保護好自己，然後快速成長，不要去復仇，而是要往上爬，用你的美好去告訴他，「如果沒有你傷害我，我不會有這麼好的現在。」

最嚴厲的懲罰永遠不是讓人痛，而是讓人明白，我很好，並且是傷害我的你造就這麼好的我，於是你會釋懷的，這樣才是雍容的成長，大氣的姿態。當你能夠笑看過去的傷害，說明你已到了更美的高度，你被朋友、戀人、同事……中傷時，不要急著憤怒，或許這是生活在提示你，該改變了！

暗潮般的心計，成就我們熠熠生輝的花漾年華。

願星光照亮你和你的青春

不怕青春太疼痛，只怕青春沒來過

說好這次再痛，都不哭泣！

很多事情使心累了，不去想吧，就那麼樣了吧！這不是逃避，而是你懂得看淡，於是看輕了很多曾經不悅或執著的，你放過自己：只因為，你真的累了。

常常我們會無力，為了那些想要做，卻做不好或者做不到的事。我們還會生氣，為了別人不理解一些基本的事，不懂得尊重，不懂得關懷，不懂得珍惜我們不求回報的付出，生活中有自私，有被我們看破的愚蠢，有自以為的驕傲......於是你承受了，然後你終於累了。

謝謝你自己 因為很認真的生活著。

即便一個人面對各種人各種事，雖然屢次想放手，卻還是不肯讓自己輸得一敗塗地。謝謝你的堅強，那使你成熟，懂得壓抑，學會在人前不張揚自己的脆弱。謝謝愛你的朋友與傷害你的人，少了任何一個，都不會有現在的你。

可以的，放鬆吧！你心裡獨自一個人很久了，現在可以對看淡的放棄，可以對看輕的離去，可以為自己的終於釋懷，好好哭泣，因為你知道失去過後，總有什麼會到來，起碼你有一個，不再壓抑的自己。

擦乾你的脆弱，不會到一無所有，因為你還有一個人叫自己。

願星光照亮你和你的青春

進擊青春

我們逐漸走散的感情，逐漸模糊的自己，都在青春裡完整的擁有過。許多年前，許多年後，你懷念的那天，叫做青春！

| 不怕青春太疼痛，只怕青春沒來過

後來我們終於明白了錯誤，
因為錯以為付出就有回報，
後來我們懂得人情世故，
後來我們舉起手向天真道別，
後來我們哭了……
我們告訴別人這是青春！

再也沒辦法輕易去相信另一個人，單純的天真，都送給了那些
曾經用真心相待的人。

青春就是充滿疼痛的相信，天真歲月，珍重相惜。

願星光
照亮你和
你的青春

曾經有一個人，讓你毫無保留的付出，但最後還是虧欠了！

是他虧欠了你，是你虧欠了用情但不用心的自己。

寫下來你覺得是錯付的那個他，回答：你後悔嗎？

....

....

....

....

最委屈的事情，最後悔的付出，是甚麼？

現在告訴我，是誰決定了這一切？

對的，是你，所以終究我們虧欠的，是忘記心疼的自己。

錯過一班公車，等個幾分鐘會來；錯過一班飛機，1 個小時後能再飛，可是錯過一段感情，那就是一輩子了。也許很殘酷，可是你等的那個人，他可能不會來了，永遠。

很多人相信會遇見愛，可有些東西註定不會來，台北注定不下大雪，你會等白雪紛飛的到來嗎？該離開的注定會離開，但該留下的，未必會為你停留。

喜歡看淡，看淡，很多事便不太要緊了。

不再和自己錯過。

感情，你可以用一分鐘理解透徹，卻要用整個青春才能體會。

但這一次，這一刻，你可以錯過世界上任何風景，
無論是你愛的或愛你的。
可是不要錯過自己了！
你愛了除了自己以外的人事物這麼久，卻始終和自己擦肩。

這一次先看見自己，先愛自己！

你也不想錯過，只是他，從沒珍惜過。

有些人你放棄理會，是因為太累了。朋友也好、戀人也罷，說是愛？那為什麼會那麼辛苦，為什麼總是充滿委屈呢。於是不想再讓自己當傻子，你終於發現付出是沒有回報的，或是終於願意面對，所以不願意再愛了。如果又說有恨，偏偏那張臉，在腦海仍存在著吸引你的模樣。

恨你太累，愛你太難，
如此，忘了你便最好。

我懂你的著迷，也許有很多人勸過你，他不好，有萬般理由值得你不與他來往，可你也暗暗責備自己傻過，但卻沒離開過。你終於醒來的那瞬間，是因為你痛了，心傷到不能無視了。無論你年輕還是成熟，我都要告訴你，有些人不會去心疼，哪怕你再好都不能讓他明白，所以請自己心疼自己。

你應該離開錯誤的人，不妨想想未來，那個他會如何的記起你，你也不願意自己留下狼狽身影吧。有時候，不必撤出那人的生活圈，你只要讓他知道從今開始，你的視線裡不願有他，不再有他。當愛相忘，世界就遼闊了。

在還有愛的時候遺忘，才不會去恨。

願星光照亮你和你的青春

| 不怕青春太疼痛，只怕青春沒來過

你必須相信自己，因為很多時候，那是你唯一的倚靠。

你想要的未來，不要妄想倚靠別人完成，因為人都是靠不住的，自己去計畫、去實現，別覺得好遙遠再等等，生命太短暫，實在等不得。

學生時代背 7000 單字，好多好難，請從此刻念一個算一個，不多不難，只是時間比錦水流得更快。工作時期，想上位，想離開到更好的地方，去吧，會失敗，但也會成功，世界上沒有 100% 的事情。

面對自己的理想、心願，即便整個世界都否定你，你也不可以有一點質疑。世界有時候很奇怪，他們會用自己的價值觀去評斷「事實」，當結果不是那樣，事實就會改名叫「特例、傳說」。

年輕的人啊！憑什麼你不是特例，不能當傳說呢。我要你相信自己的可能，別人的話再厲害，不過一陣強風，吹過後可以在你心中不生波瀾。

如果你很年輕，千萬不要害怕，試想，當你 50 歲的時候，會在意 20 歲失敗的一件小事嗎，你會在意小學四年級一次考砸的段考？肯定的是，你絕對會後悔 20 歲沒有去做那件最有意義的小事。

現在就是最好的時代，不要回頭，不要遺憾。

願星光照亮你和你的青春

你的夢想是甚麼，不要害怕別人會覺得幼稚，不要覺得說出來很丟臉，今天的你或許無法完成，但是幾年後你會有能力的。把你的夢想寫下來，每個月來看一次，問問自己有沒有為它努力一丁點，只要有，那麼夢想就有觸碰到的一天。

你不對自己狠，就會有人對你狠，
我們都有選擇。

生活會讓我們身不由己，這話不假，但在很多時候，你只是想要偷懶。

不想面對考試差的尷尬，你就認真讀書，沒有甚麼因為我已經爛很久所以來不及了，你國中爛還有高中，高中爛還有大學，你有 3 年又 3 年的時間，你不想狠下心讓自己變得更好，就讓現實和勢利傷害你，別怪有些人太狠，是你選擇放棄。

你面對一個人總是矮一截，畏畏縮縮，怕他言語攻擊你動手傷害你，於是你忍著，承受那悲哀的對待，那是你的選擇，你可以忍著痛用心用力的為自己奮鬥一次，以合乎道德的手段除去任何的傷害，但如果你膽怯縮著害怕，就不要覺得是自己很可憐，因為啊，真可憐的人好多，沒有人會眷顧你，天助自助者。「無可奈何」跟「你的選擇」是兩件事，不要把自己選擇軟弱當成我是沒有辦法，記住，你一定要記住，你不對自己狠，就只能讓別人對你狠，我們永遠都有選擇，永遠都有！

寧可自己痛哭成長，也不要因他人傷害才成熟。

願星光照亮你和你的青春

生活中你的無可奈何是甚麼，寫下來，確定那是你的無可奈何

現在用心選擇，對自己誠實，把因為逃避才無可奈何的事情劃掉，即便再累，再難，很多事情並非無可奈何，是我們選擇讓它成為阻礙。逃避無所謂，但是不要欺騙自己！

太年輕時什麼都想要，物質的感情的，並未有過重大失去的經驗；但很殘酷的是只有當你因為失去而感到難過甚至是疼痛後，你才會明白，得到後你的快樂就少了，因為你開始承擔失去的風險，更慘的是，偏偏沒有什麼東西是能永恆不去。

單純的生活，也就是在一分一秒鐘失去的，曾經你只需要放空的打開課本，寫了兩筆，或許隔天的考試也偷個懶，無妨。但什麼開始，我們與草綠色的青春開始以一種擦肩的步伐背離，社會上的人情冷暖、人際間的爾虞我詐、再也回不到放空就是生活的美好。

你得到更加璀璨的日子，是呀，那值得慶賀，別去想回不去的以前，就不會哭。

得到，就是失去的開始。

感情，哪段相遇不美好，哪段萌芽不心動，可是人會走、
情會淡，誰又沒遇過呢。當我們與時光並肩，以一種蒼涼
卻悲憫的眼光俯視自己，我們除了搖搖頭看著天真、看著
傷害，看著離散，我們又能阻止什麼？你的朋友，一個都
沒走嗎？你愛過的人，最後都沒遺憾嗎？得到，就是一瞬
滿目的燦爛，但要用綿延無盡的日子去等待失去來臨。

發生過的不要遺忘

哪怕是短暫的一個美好畫面，
也能在某天回想起時，感動你自己。

得到與失去之外，還有珍惜與微笑看淡。

願星光
照亮你和
你的青春

我們都因為寂寞而跑向歡鬧，卻在歡鬧中感到更沉重的寂寞，
於是又一次，失落的回到了一個人的寂寞。

終究，我們都要與寂寞長相守候。

不怕青春太疼痛，只怕青春沒來過

寂寞，有的一切越來越多，你寂寞，可你仍在不斷收穫。

比從前更晚睡了，忙碌是理由，空虛、也是理由；過去想要有的一切，好像你正走在那路上了。或許那是別人崇拜的目光，生活燦爛的步調，擁有讓別人羨慕的條件不難，透過努力和機運可以有，但是之後呢。

我寂寞。你寂寞。

眼前的一切讓人迷茫，可是放不下，真的失去這些，也不會比現在好過，於是不斷收穫，擁有的越來越多，卻更好寂寞。不妨試試，在一個安靜的晚上，放一首你喜歡的歌，在紙上用心的寫下寂寞2個字，你會回首一些記憶，你會悸動一些情緒，那便是屬於你的寂寞。

不怕青春太疼痛，只怕青春沒來過

得到的好多，不是因為擁有的太少所以寂寞，而是不知道
這條路要走多久，並再也不想一個人走了，也想找個肩膀，
被摸著頭說：「休息吧，不是還有我嗎！」又或是堅定的
聲音說：「我們一起走下去。」。卻因深知沒有那人，好
殘酷，於是好寂寞。

你終究會比煙火燦爛，卻也更寂寞。

願星光．照亮你和你的青春

錯付的都是最美的光陰。
為什麼青春還是浪費了，
為什麼青春還是這麼匆匆而過。

青春，就是你明知沒有結
果，卻仍願在某些人某些
事上堅持付出，友情也好
愛情也罷，我們青春最後
成全的，都是徒勞無功的
自己，但是這樣的青春我
們捨得，我們甘願！

想想過去，我們都曾跟幸福靠得很近，只是當時不懂事錯過了，但下一次，再遇見一份簡單的情誼，我們學會了珍惜，學會好好把一段情誼認真的放在心上。

你有再多不是，都會有人想待在你身旁，而你的條件再完美，也總有人懶得去看！所以不要留住身邊的每一個人，只要抓住那個在乎你的，因為「總有一天你會為付出感到疲憊」，你終於才渴望被照顧。付出的時候，就要做好受傷的準備！你明白這點，因為你經歷過。

一定要學會快樂，不要為了別人的一句話不舒服，更「不要把你的世界讓給你討厭的人」，你要記住，永遠不要去說服所有的人認同你，因為這社會有時很糟。最好看的青春，就是真正的做自己。

這一刻開始，不要再虧欠委屈很久的自己了。

願星光
照亮你和
你的青春

納蘭性德說：「人生若只如初見，何事秋風悲畫扇。」

會有一個人，他的出現豐富了你的情緒，未必是強烈吸引的愛，說不清楚，也不用追究，你至今想起那個人，只會想：

你出現的那瞬間，燦爛了我的年華

從此最美的風景都不如你。

日久見人心，可最怕人心還沒見著，人影就先消失了。

但那又怎麼樣呢，青春，總是在遺憾裡開花，在歲月裡沉澱。

當情感來到觸之生溫的平衡時，你問問自己，如果可以倒轉時間，你會想重回哪個時刻。

初見時，一切都來得及，來得及挽回，來得及再一次心動......

可你真的想回到那時候嗎？

如果再一次，你會不會，
選擇擦肩而過？

願星光，照亮你和你的青春

你最想回到的那一刻，是哪一天，是哪個他，把這個「想」寫下來，你會更清楚你的「想」，到底是不是那麼的渴望，那麼的真實？

....

....

....

....

不是所有的人都值得被原諒，但也
不是所有人都值得被記住。

不是所有愛恨都要有結果，但它的發生一定具有意義。

只要明白，很多事當你不在乎了，也就不是一件需要再想的事了。別人放不開，是因為不甘心，你放下，是因為你已經走得太遠太好。青春太倉促，永遠不要為了不值得的人浪費一秒鐘。時間最終還是教會我們包容，對往事從容。

你的青春必定複雜，因為沒有誰的青春是慘白而空虛的。
你或許為現實痛苦，或許沉迷於歡快美好，憂鬱和無解的
心煩，快樂跟藏不住的秘密......都好。只說一件，青春發
生的所有事件，都將在你的人生奠基下巨大影響，那像是
你花了漫長的歲月織成的袍子，僅此一件，你的餘生會用
盡力量的呵護它，當然，也許有一天你會拋開它，又或現
實的利刃將它撕裂。可是發生的美好，傷害教會我們的從
容淡定，因為愛過所以寧可平靜的心，都不會消失。

你懷念青春的朋友、愛過的人、走過的路、聽過的音樂、
愛過的人......
你會在忙碌的生活中突然想起青春的自己。
不要忘記最好的年紀，最真的諾言，
曾經你單純的笑過，單純的哭過，可以不問理由的去愛。

你知道嗎，青春永遠不會離我們而去，
只要你還記得許多年前的自己！

不怕青春太疼痛，只怕青春沒來過

願星光照亮你和你的青春

遇見愛情

不問原因的感情可以將就，
但最美的感情永遠都很講究。

我不願意在遇見對的人時，已經
把最好的自己給用盡了。

所以即便一個人有時的確寂寞，也還是
璀璨的等著。珍惜自己，珍重未來。
很多人喜歡談論愛情，也好奇別人的愛，
也許你和我一樣，別人並不以悲憫的眼
光同情你的單身，只是偶爾體貼地問：
「怎麼不去戀愛呢？」青春也有好幾年，
遇過一些人，怦然心動有過、著迷執著
有過，但卻不能欺騙自己那是愛呀。

我鼓勵所有人去愛，很多人以為只要單身就會忌妒戀愛，不是鼓吹單身是貴族，單身才完美，不不！我會說能愛的時候就該把握，戀愛這麼美好，它能夠讓人想到流淚，甚至還能掩蓋生活的不完美，為什麼要抗拒呢？

只是有些人總太驕傲，拿自己的青春去賭。這就為什麼你會看見有人明明美好，卻始終在桃花繁盛的小徑裡獨自徘徊。即便是勇敢單身的人，也還是會因為聽見一首情歌，看了一場愛得死去活來的戲，才憶起原來我單著呀。

那就這樣吧，單身的人也吃飯，也看書，也工作，能夠好好生活只是情感寂寞，認識它最慘的處境，也就無所謂了。

這樣明白了吧！即便單身也是大大的認同單身有遺憾。戀愛固然甜蜜，但戀愛又常常具有保鮮期，常常讓人遍體鱗傷，常常使人摔得萬念俱灰……這也是愛啊。愛情如此複雜，或許我們暫時都無法完美的證明，究竟年輕的人兒要走到哪才是對的。但告訴單身的你：你要快樂，終究會有人陪伴你的，畢竟時光那麼長，不會總對你殘忍。

單身非失物招領，只是等對的人用愛
銀貨兩訖。

願星光照亮你和你的青春

單身，
是因為我從來不想委屈自己。

最可厭的是某些人總覺得戀愛的 2 個人才是勝利，單身的 1 個人就有些遺憾，有些奇怪，甚至有些缺陷。找到對的人使生活變得甜蜜，的確美好。但是呀，看看身旁那些愛情 ING 的人、放閃的 CP，他們一遍又一遍的跌入真愛，結局都愛得挫折，那如同是閃爍不停的信號燈，告訴你愛情不過那一回事，跟青春劇的學長與學妹一樣，在現實生活中不要多想。

可以愛的時候誰也不該、也不會逃避，但如果只是因為想愛，所以去找一個人消磨那不甘寂寞，這一點也不高尚。戀愛次數的增加若能使我們變得更好，那是可貴的成長，但如果只是控制不了生物本能的渴求，所以愛著，那戀愛就成了生物界的擇偶功能罷了。

還那麼年輕的人，當然可以理直氣壯的認為當我戀愛，那一定是天底下最美的愛情。男孩可以期待青春的相遇，女孩也可以相逢最完美的少年。

當然單身久了，也是有危機的，那是因為徹底感受到這世界可以一個人走下去。一個人休息，單純的釋放疲累，聽音樂、看劇、放空、睡覺；寂寞了找朋友吃個飯、談天、運動，同樣是跟人消磨美好時光。單身從來就不是因為找不到能在一起的人，而是覺得現在的狀態沒有不好，我幹嘛要委屈自己。

我知道，我知道！單身的你都會有這些心情，已經懶得跟人說「我單身，是因為我很好，不想像你一樣廉價的出售自己」彷彿過年會遇到的尷尬問題。完美的 1 個人叫單身貴族，慾求不滿的單著或在愛中卻寂寞的人，才會淪為他們口中充滿缺憾的單身狗。

完美的你，會是最好的人找到你的獎賞。

願星光照亮你和你的青春

愛情會讓人上癮，
但現實的你卻相當渴望！

追劇上癮了，是為劇情著迷，
還是被自己久未謀面的愛情給感動？

那天一個總愛入坑的朋友興高采烈的告訴我，她又入坑了！我問她
關於什麼，她說「一部愛的很浪漫讓人臉紅心跳的戲。」我想了想
問她，「妳是為劇情著迷，還是被自己久未謀面的愛情給感動了？」

「你喜歡『愛』這件事，卻忘記你是喜歡被愛，你是希望有那個人出現，哪怕沒有電視劇裡那麼夢幻，那麼好看，但你也想被愛狠狠的、霸道的對待。」

你在畫面中把那個好久沒人照顧的自己丟進去，看見有人呵護倔強的你，你有點開心；看見有人守護偶爾脆弱的你，你感到放鬆。你甚至捨不得離開螢幕，因為現實太讓你失望了。

你記起了那種怦然心動的感覺，無法克制地想起一個人的衝動。

我不要你放棄愛的可能，即便你受了很多的傷害，現實裡有太多事情就足夠你忙不完；也許你的教室沒有你看得順眼的人，辦公室也沒有讓你想多說兩句話的同事，但是你要知道，你還有一輩子人生的路，也許在明早的超商、中午的捷運、或者傍晚的街道，那個將佔有你愛情的人就出現了。

你說你上癮了，太好、太好，你要記住愛的感覺，因為那可能是作為人最美妙的感受。

不要害怕現實不好看，那只是
還沒進入劇情罷了。

願星光
照亮你和
你的青春

愛情最痛苦的唯有二：
求不得、捨不得。

你和他的愛情故事，一半寫著你的付出，另一半寫著你的等待，只有結局是由他親手寫上的：都是錯。

「我淡定的看你離開，沒有一絲波瀾，這樣來日我聽見你的消息，便再也沒有一絲情緒。」與他無緣，不該特別去遺憾，人生一場，你該遇見多少人，錯過，不過是一種自然常態。

過去的相遇，在你心中好美好美，你永遠記得他的臉，笑著的，看著的，帶著調皮的……你都記得，過去反覆想，以後也不會忘，但他能給你的，在記憶裡也就這麼多了。你該在心底這麼想：千萬不要藕斷絲連，你不走，我珍惜，你走，我接受；感情沒有債權關係，一拍兩散，雲淡風輕。只是啊只是，當你有一天回首會後悔的，那個剎那，便是時間對我的公平，青春的償還。他的出現，沉澱了你盼望愛的心，錯過之後，你也再無法激烈的去面對另外一個人。他遇見了最美的你，也帶走了最好的你。

愛情，
擁有的是回憶，失去的是曾經。

願星光照亮你和你的青春

你和他的關係，叫作遺憾。

當你努力要爭取一段情誼，就已經註定這段關係是岌岌可危的了。比如朋友，也許你們是自然的走到一起，彼此都有好感，能隨便談天，輕鬆笑話，就這樣到某一天，你發覺最好的感情過去了，你想修復、想回到過去彼此在乎珍重的畫面，可是，回不去了。

友情呀！它比愛情更純粹，因為它可以不染愛慾，它可以保持尊重的距離，卻又在你需要溫暖的時候，間不容隙的守護你的悲傷與空虛。無奈一旦友情碎裂，卻沒有愛情可以圓滑重新的可能，因為它純粹。

彷彿綾羅綢緞的愛情，也是相同的。我們愛過多少人，最後不再愛了，最後不再恨了，最後遺忘了，只剩下遺憾，曾經一起牽手走在街上，在車廂緊緊相倚，在訊息中不斷關心。最後，再見之後，也都只有遺憾了。

有時候青春被人蹉跎，雖遺憾，可你不後悔。

願星光照亮你和你的青春

不怕青春太疼痛，只怕青春沒來過

對你來說，最遺憾的是當初沒好好珍惜，還是沒把握時間痛快的愛過？

如果想到了一些片段，落筆吧，很多時候把情緒用文字寫下來，是因為要讓自己真正釋懷，因為能夠很清楚的交代所有後悔的事，所以後悔也就不那麼多了！

- -

- -

- -

- -

愛情夢幻璀璨，但你真的需要嗎？

成為一家大公司的老闆，地位尊榮，金錢權力盡在你手，很好，但你很想要嗎？不會人人都這麼期望，你會說：「有錢很好，但那不是我的興趣，商場不是我的戰場。」班上的第一名自帶光環，愜意校園，你想要嗎，你會說：「一班就一個第一名，何況那也要付出很大的努力，我有理想的名次就好。」

無論是甚麼虛實物質，大家都能明白不是人人都有，不是人人都能有。十個人中不見得會有一個大老闆，十個人裡也未必會有一個第一名，可是這十個人，都會認為自己可以獲得愛情。
是的，人人都可以獲得愛情，但要在對的年紀，對的背景，還要有對的人。

你說容易嗎？

我並非勸你不要去愛，而是要告訴你在愛之前，不要認為自己一定能愛。愛人的能力、老闆的位置、班上的第一名，和你愛的那個人的心，都是一樣的事。

沒有甚麼能比愛情更夢幻璀璨，每個人都有機會都有權利去爭取，但不要因為大家都會這麼做，所以我也要。只有在了解自己心意後，才開始有愛的可能。

你到底想不想愛？

問問自己，有不能錯過這次的理由嗎？又或者眼前沒有緣分，卻強烈盼望的原因，是孤單，是無聊，還是因為再也禁不起等待了？面對自己，清晰的交代。

去愛吧!

因為我知道你想清楚了，即便還有一點衝動，和一點矛盾，
但誰沒有呢，畢竟沒有比愛這件事情，還要複雜多變的了。

在戀愛之前，先學會愛自己。

沒戀愛好寂寞，單身最孤寂......誰為你下這些似是而非的定義，戀愛的確能體會到最美好的情感，熱烈的衝動，但多少人在愛過後一片虛無，長時間的消耗還來兩個字「分手」。如果你渴望愛卻不可得，先愛自己吧。

你最對不起自己的事是甚麼？可以等待一個訊息守著手機，可以滿心關注一個人卻費力的裝作不在意，可以對一個人好好到快要沒自尊......

想起來或許都有點好笑，說說，然後看這些對不起的事，不要再犯了。

人很容易自私，但我始終相信有那麼一些人，他們學不好愛自己，在乎別人的感受，擔心讓別人難受，可能十幾二十年來都不曾做過「討好自己」這件事，你盯著鏡子看看你，你問過自己累嗎？想哭嗎？是不是好辛苦而沒人在意？

愛自己是知道自己的需要，是終於放棄這個世界很多虛榮的要求。給自己好好吃一頓飯，看一場俗濫但喜歡的電影，挑一件覺得好看的衣服，愛一個想愛的人但不讓他知道，哭一首歌但不傷心......愛自己，你必須，因為很可能只有你能為自己這麼做。

你放棄世界可以，但愛自己，一定要！

願星光照亮你和你的青春

不怕青春太疼痛，只怕青春沒來過

默默地喜歡，默默地離開，
默默地想念然後釋懷，
是多少人都有過的悲傷，
也是你曾經有過的愛情。

總會明白，有時候離開一個人，並不是因為不愛，而正因
為愛上了，但卻無奈了，無解了。因為不願像從前幼稚的
投入心意，最後換來轟轟烈烈的一場空虛，所以離開了。

但離開，是因為愛，更害怕深愛。

若沒體會過可能會覺得矯情。愛就該前進，後退是因為不愛。可人事哪有那麼簡單呢，每個人都有自己的無可奈何。相愛多麼難，你知道嗎？

愛情少不了疼愛，可往往還沒愛到，就先疼了。

願星光照亮你和你的青春

如果說思念之後仍是思念

思念之後沒有你看見我，沒有你愛我，我也不想轉身離去，寧可淡然地繼續凝望，即便是流著淚，也開心。

你不斷地關注一個人，不管那人是在怎樣的位置，多近多遠的地方，你就是靜靜的關注。我們都很難避免這般癡癡的喜歡，男生面對心儀女孩、女孩眺望怦然男生、螢幕上的他，隔著一層樓的她......可望而不可及的他和她，你會不去計較他是否能給你回饋，有一種喜歡是「愛你，與你毫無關係。」

我看你，不能相遇；念你，無法觸及。但無所謂，因為注視就已經開心，如此可以，足矣。

有時候喜歡一個人，久了變成習慣。疲累的生活想想他，也就不那麼倦，忙碌時還是想躲進他的各種資訊中，青春很短，你也就為他消磨。當有一天你徹底長大了，回頭或許也會為自己慶幸，那時有一個這樣凝望的他，很美，很天真的歲月，你可以笑嘆著說回不去了，但很喜歡那時候單純的心境。

要再多看你一眼，再一眼，在我最美的青春裡。

很久以後，你裝作不在意了，

也是在很久以後，你才明白，

有些人愛也好恨也罷，都不可能忘了。

願
星
光
照
亮
你
和
你
的
青
春

我們都值得最好的日子，別放棄幸福的機會。

一周又開始，早晨7點穿著校服，或者8點打卡辦公室，有點無奈，想賴在棉被裡不想上班，可是生活的腳步從不肯慢下來。想想今年已過去的那些日子，跨年夜許下的心願還記得嗎？那些盼望，都在進行嗎。這一刻直覺些，問問自己快樂嗎？累了嗎？即便心酸，即便泛淚，都請你要相信，會有幸福的。

不要在還沒幸福的時候就習慣悲傷，
錯過了，再爭取。

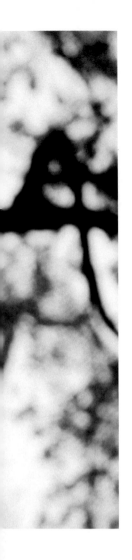

羨慕別人的生活，總是一套又一套光鮮整潔的衣服，充滿魅力的出現，為什麼他能夠活得像偶像劇，而自己耳邊總環繞著哀傷小情歌。幸福啊！不是爭取來的，是因為不肯放棄，所以才終於等到。人，一定要學會態度優雅的活著，即便現實再難堪，都要把頭抬得很好看，因為，你可以決定別人是怎麼看你。

未來的幸福超乎想像，有人等得起，而你，願意等嗎？

願星光照亮你和你的青春

厮守朋友

些悲傷，有些微不足道的快樂，有些日子，都是因為朋友的存在才具有意義。
美的擁有，不過一段不離不棄的友誼，最美的感情，就是我永遠和你站在一起。

你的付出別怕他不知道，
他不過是裝作不知道。

你知道他是在裝傻，於是你也裝作不知道：他在裝傻！
很多時候你都想計較，計較你付出的得不到回報。你當然
明白，感情是不能付一拿一的；你也並非小氣狹隘之人，
只是你會心累。

日子長了，愛也鬆弛了。

好幾次你想抓著他細細理論，那次我是怎麼為你，這次我是怎麼幫你，可你如何待我的，又是怎麼對那些不相干的人。

你不甘心呀！

可是我要告訴你啊，這一切都得心甘情願。他若裝傻，不正是倚賴你的甘願嗎；而你，也是允許自己當個傻瓜的。
愛啊！愛朋友，愛情人，愛你。
不過是因為我願意罷了。

可是你想說的是：終究有一天我會愛自己，
因為傻瓜遲早，會在傷痛裡變得聰明。

願星光照亮你和你的青春

在心裡算帳，不是要你挑起感情世界的對與錯，而是要你看清楚，究竟你在感情裡的付出與委屈，是朋友的不在乎，還是其實這都是你一廂情願？

你為他付出的，是真的付出嗎？像是清單一樣，關心問候也好，吃飯聚會也是，一筆一筆算給自己看。

他呢？他又為你付出了甚麼？

一來一往，都明白了嗎，都清楚了嗎？
付出是一件很棒的事，但前提是要自己覺得值得！

有一種傳說，叫做上大學後好難遇見朋友、真心相待。每年每年，年輕的人總這麼說。「傳說是真的嗎？」你問「是啊」我說。高中後，你會有不少一起玩一起笑、看起來歡樂，能夠拍出青春照片上傳打卡的朋友，就是在這個時候你才知道空虛，你心底的話，永遠不會是跟那群人說。青澀的相伴，擁有愚蠢的可愛記憶，一起走過早上 7 點到太陽下山的每天，懂你的習慣、雖然現在不再每天相見，卻比你同學朋友還要關心你，這就是高中朋友。而大學，起初上課一群人、吃飯一群人、聚會一群人，然後心底一個人，好像不那麼虛偽的加入，就成了邊緣。

不怕青春太疼痛，只怕青春沒來過

高中交到的朋友最真心、最難得，
終有一天你會痛心的感受到。

世代綿延那些最痛的現實：大學的同學都自我中心，前一秒跟你握手微笑的人下一秒可以翻臉翻桌不認人。別幻想純真的校園劇碼，你倒是可以看到不少人前手牽手背後下毒手的劇情。質樸是不被讚揚的非主流，帥氣漂亮虛榮佔據人氣......並非否定大學遇見友情的可能，但只是說明很難。大學的群體，總會有那種認識的人很多、娛樂行程很滿的，或許說他人緣好，可是卻竟也不少人會說：其實他很寂寞。是的，大家都是明眼人，在歡場上你好我好能嗨就好，可背地裡，越是刻意轟轟烈烈張牙舞爪的人，那些空虛是遮掩不住的。

不要去羨慕那種人，做你自己，沒有一大群人一起行動，那又怎樣？因為虛榮而聚在一起的群體，都不用時間的考驗，自己就會分崩離析。

你或許還看過表面上大家都很好，私底下卻不斷的玩笑一個人，團體之中還要小團體，多麼醜陋。你並非刻意錯過大學或是社會的那些精彩，而是不想浪費，如果因為別人眼光而去建立情誼，那只是痛苦自己罷了。

大學還是有好的人，我「聽過遇過錯過」過，所以我希望你可以用生命經驗來否定那些「傳說」，那是太讓人高興的事，上天厚待你給你美好的大學，而我只能祝福。

好好珍惜青草色的高中時代，那些你們一起說的可愛未來，再難，都不要忘記，曾經說好要一直當朋友，再忙，都不要放棄，你的未來會遭遇挫折、悲傷、無法承受的壓力，而永遠不會離開的，就是你高中時代的知心。那些青春的友情，會是你賴以生存的勇氣。真正的朋友不會多，有幾個已經足夠。

友情，就是從來沒離開過的青春。

願星光照亮你和你的青春

你對一個人放不下，是「放不下」，
而非「不能放下」。

人傻是福，但在愛裡，請用盡智慧做答。

你比誰都清楚，對於她，你是最適合的人。你懂她的脾氣，知道她在意的莫名細節，只有你能和她有會心的一笑，因為你們有太多的記憶片段，別人既無法填補，又不能取代你而創造。

她也是明白的？

愛情的問題，
都是沒處理好的朋友關係。

你想，她是個明白人，卻怎麼在你這糊塗了。

你彷彿是一個耐心十足的老師，在她一次又一次的情感課題上，安慰她的慌張，照顧她的傷口，循循善誘地讓她找到愛的唯一解答。

可是她卻像始終不肯開竅的學生，總是在公式的最後一步出了差錯，愛上了其他人，你心知肚明的錯的人。

你想告訴她，你又錯了，不信我們走著瞧。

她是你永遠不能教會的學生，但其實你有沒有想過，她更是你注定無解的難題。

如果她始終找不到正解，那你該為自己找找解答了。

願星光照亮你和你的青春

和對的人聊天不需要話題，
默契的笑點，說不膩的故事。

不怕青春太疼痛．只怕青春沒來過

你和他聊天時總亂七八糟的說，可以因為莫名的哏大笑，
能夠把講過無數次的故事再饒富趣味地說一遍，縱使你們
都知道來龍去脈。和他說話不是一個約定，而是一件很想
要做的事，雖然浪費時間，但是好開心，單純的開心。
如果你生活有這樣的朋友，你不知道這是多幸運的事，光
是有一個你想要分享，並且他也喜歡聽你說話的朋友，這
已經是夢幻了。請讓他知道，你想一直和他說話，無論你
們將來會變得多忙，當制服的校園時代過去，當大學結束
社會逼近，你還是想跟他說說話。

在這個銳利又快速的世界，我們都有自己的生活，甚至越長越大，會有黑暗黏稠不可說的秘密，但一定要留住他，即便我們被現實傷害，被壓力挫折得想哭，那個聲音，在發光的訊息框裡另一頭的他，會是安慰我們最大的力量。

無論過了多久，無論你和他變了多少，答應自己，也答應他，青春的情誼要永遠存在，只要想念就聯絡，他會懂得。

和他約定，當你需要的時候他要給兩個字，「我在」。友情中最動人的也不過就這兩個字，我在！

如果你的青澀歲月中有這樣一個他，

給他看看這段文字，你有的感動，他也會有的。

你的青春我會一直在，永不退場。

你不怕他對你不好，
而是怕他對每個人都
像對你一樣好。

不怕青春太疼痛‧只怕青春沒來過

個貼心朋友聊天，A 說：「你總是要別人對你最好。」B 愣了一下，說沒有，B 既知這

難，這種心態太容易傷心，所以不會這麼想，B 否認。A 又說：「你總要別人最在乎你。」

| 不怕青春太疼痛，只怕青春沒來過

朋友最難的是，親人之間沒有太多煩擾，怎麼對待終究是骨肉情分，沒有忌諱。情人之間相濡以沫，沒有人不掏心的談戀愛。但朋友，他既沒有親情的責任與庇護，也沒有愛情的約束與情愛，好像不需要交代，沒有尺度去衡量，一切都是得之我幸，失之我命。

於是友情只能相較，對他更好，對她更好，於是自己輸了，於是不愉快，於是情誼淡了。吃醋的友情不可愛，還很莫名其妙，大多數在意的人都會以我不在乎作為託辭，又為了表現真不在意，然後漸漸淡掉這段友情。

願星光，照亮你和你的青春

朝秦暮楚的友誼，終究有所虧欠

錯付的都會被償還。

愛情要專一，友情的三心二意要被包容，要被體諒，這年頭朋友不能愛，愛了不能深愛，深愛不能坦然。大家都知道看見愛情裡的那個人走向別人的身邊，好殘忍好難過，卻在友情的多角關係中寬容，縱容。

沒有人有錯，但人心只有一顆，給了他，又如何能給另一個他。

有時候在朋友關係我們都需要受點委屈，
這點委屈是因為你在乎。
人人都有左右為難的時候，偶爾體諒，
不過是為了放過自己。

158 | 不怕青春太疼痛，只怕青春沒來過

每每說到最好的朋友，想的到總是你

真正的朋友不需要多，
真正的朋友也多不了。

擁有一個真心相待的朋友，就是最大的願
望，最大的幸運！

能夠貼心，能說上話，能夠聚著感到開心不
膩，這便是友誼了。

常有人說朋友很多，此話不假，那是因為現
在的年代，只要認識笑過就能是朋友。但朋
友不該是廉價的名詞，若一個人跟人人都是
朋友，那麼，他絕對沒有朋友，因為一人一
顆心，想著他，就沒空念著另一個他。

友誼沒有先來後到，舊的情分會淡，
再好的朋友不留心，也會傷了感情。
新相遇的，也許一來就不走了。友誼無
論新舊，只要用心，兩個人就不會遠。

願星光
照亮你和
你的青春

細數過去曾經在你生活佔據重量的朋友
那些名字，一個個寫下來

現在，還有誰依舊留著，走的那些人，又是用怎樣的眼光
看待呢？

如果說面對新的緣分，新的人，你只能叮嚀自己一件事
也是不要太在乎，也許是要更仔細的對待每個相處細節......
一個最重要的提醒，留給你自己，送給到來的他

那會是：

....

....

....

....

....

相遇已經不容易，
既然來了，就別走了吧！

如果注定是要漸淡的情誼，
那起碼，也晚些再走。

先一起消耗過最美好的時光，
以後，不再相遇的以後，
我們還可以偶爾雲淡風輕地想起。

相逢是一件不容易的事，我們總以為遇見不需要運氣，可殊不知也許遇見，就已經是兩個人最後的緣分了。在你心中，過去或是現在，一定有個你總覺得要失去，抓不牢的關係，把你和他的故事寫成一段心情

•••

•••

•••

•••

也許你會發現，這段關係其實是疲憊的，放不放棄是另外
一回事，因為重要的，是你甘不甘心！

我們都輸在不甘心，苦在不甘心，

也還好慶幸，曾經懂得不甘心！

| 不怕青春太疼痛，只怕青春沒來過

我不說，不代表我沒受傷。

我理解你，不代表我原諒你。

說再見永遠要珍重，因為你不知道
哪次再見，是再也不見。

有時候我們會想告別一個人，他未必是做出傷害我們的事，他未必是對我們充滿惡意，甚至他可能包裝著朋友的外衣。但你很清楚知道，他不真心！

不要去追究為什麼你的認真，會讓他用虛假回應，絕對不要追究，有一天你會深刻理解到世界的複雜，於是人心的詭譎，也就是再自然不過的事了。

這次，自己給自己說說心裡話，寫下你想遠離的人

....

....

....

原因是？

沒有他是不是生活更愜意，因為不用客套，不用虛假，如果想過後是這樣的話，那麼跟他好好道別吧。你的遠離，是對他最可惜的失去，對你最值得的尊重。

道別永遠不是一句話的事，道別是「錯過」的開始。每次說出口「再見」兩個字，我總是想，還見嗎？我想見嗎？還有機會能見嗎？太青澀的人兒不會深刻意識到生離跟死別有多近，跟一個朋友道完再見之後，彷彿只要在臉書輕輕訊息，又能搭起聯繫橋梁。但是啊，

道別是「結束關係」的第一步驟，

道別是「我愛你或者我恨你」的簡潔動作。

長大之後，必須學會認真的對待那些讓你有些愛，卻有更多不喜歡的朋友。之所以要認真，是因為明白以後不想再見了，所以希望自己能夠完美乾淨的退場，寧可讓那些不愛不恨的人偶爾想念，也沒必要將彼此磨損殆盡。

｜ 不怕青春太疼痛，只怕青春沒來過

小時候喜歡直率的轟轟烈烈，「我不喜歡你，我不想見到你」的率性當作個性，沒什麼好批判，這只是一種選擇，但是當生活教會我們寬容與謙卑後，就要懂得收斂與珍惜。享受告別吧！那才是最完美的懲罰，當有些人對你失去尊重，忘了與你相處也要珍惜，請給他一個漂亮的再見，然後讓他從此不見。

人越長越大，告別也從疼痛變成一種給自己的祝福。

願星光　照亮你和你的青春

要青春11　PE0123

✳ 要有光
FIAT LUX

不怕青春太疼痛，只怕青春沒來過

作　　者	明星煌
責任編輯	喬齊安
圖文排版	葉力安
封面設計	王嵩賀

出版策劃	要有光
製作發行	秀威資訊科技股份有限公司
	114 台北市內湖區瑞光路76巷65號1樓
	電話：+886-2-2796-3638　傳真：+886-2-2796-1377
	服務信箱：service@showwe.com.tw
	http://www.showwe.com.tw
郵政劃撥	19563868　戶名：秀威資訊科技股份有限公司
展售門市	國家書店【松江門市】
	104 台北市中山區松江路209號1樓
	電話：+886-2-2518-0207　傳真：+886-2-2518-0778
網路訂購	秀威網路書店：http://www.bodbooks.com.tw
	國家網路書店：http://www.govbooks.com.tw
法律顧問	毛國樑　律師
總 經 銷	易可數位行銷股份有限公司
	地址：231新北市新店區寶橋路235巷6弄3號5樓
	電話：+886-2-8911-0825　傳真：+886-2-8911-0801
	e-mail：book-info@ecorebooks.com
	易可部落格：http://ecorebooks.pixnet.net/blog

出版日期	2016年12月　BOD一版
定　　價	320元

版權所有・翻印必究（本書如有缺頁、破損或裝訂錯誤，請寄回更換）
Copyright © 2016 by Showwe Information Co., Ltd.
All Rights Reserved

Printed in Taiwan

不怕青春太疼痛, 只怕青春沒來過 / 明星煌作. --
一版. -- 臺北市 : 要有光, 2016.12
  面 ;   公分(要青春 ; 11)
BOD版
ISBN 978-986-93567-7-0(平裝)

855   105021515

讀 者 回 函 卡

感謝您購買本書，為提升服務品質，請填妥以下資料，將讀者回函卡直接寄
回或傳真本公司，收到您的寶貴意見後，我們會收藏記錄及檢討，謝謝！
如您需要了解本公司最新出版書目、購書優惠或企劃活動，歡迎您上網查詢
或下載相關資料：http:// www.showwe.com.tw

您購買的書名：_____

出生日期：_____年_____月_____日

學歷：□高中 (含) 以下　　□大專　　□研究所 (含) 以上

職業：□製造業　□金融業　□資訊業　□軍警　□傳播業　□自由業
　　　□服務業　□公務員　□教職　　□學生　□家管　　□其它_____

購書地點：□網路書店　□實體書店　□書展　□郵購　□贈閱　□其他

您從何得知本書的消息？

　□網路書店　□實體書店　□網路搜尋　□電子報　□書訊　□雜誌
　□傳播媒體　□親友推薦　□網站推薦　□部落格　□其他_____

您對本書的評價：(請填代號　1.非常滿意　2.滿意　3.尚可　4.再改進)

　封面設計____　版面編排____　內容____　文／譯筆____　價格____

讀完書後您覺得：

　□很有收穫　□有收穫　□收穫不多　□沒收穫

對我們的建議：_____

_____

_____

_____

請貼
郵票

11466
台北市內湖區瑞光路 76 巷 65 號 1 樓

秀威資訊科技股份有限公司　　　收

BOD 數位出版事業部

....

（請沿線對折寄回，謝謝！）

姓　　名：_____　年齡：_____　性別：□女　□男

郵遞區號：□□□□□

地　　址：_____

聯絡電話：(日) _____ (夜) _____

E-mail：_____